AF293089

Über Art der Vampire

Von Sidh Zane-Vemo

Meiner kleinen Schwester Martina gewidmet, die mich zu Sidh inspiriert hat.
Ich liebe dich.

1. Auflage, 2024
© 2024 Riyas A. Hoge
Verlag: BoD · Books on Demand GmbH,
In de Tarpen 42, 22848 Norderstedt, bod@bod.de
Druck: Libri Plureos GmbH, Friedensallee 273,
22763 Hamburg
ISBN: 978-3-7597-6734-9

FSC
www.fsc.org
MIX
Papier aus ver-
antwortungsvollen
Quellen
Paper from
responsible sources
FSC® C105338

Vorwort

Ich schreibe diese Notizen, um die Welt zu verstehen, in die mich mein Freund und Bruder Noir Vemo mit meinem Tod geführt hat. Eine Welt, die nichts mit meinem alten – meinem vorherigen – Leben gemein hat.

Es ist erst ein paar Monate her, dass ich im Fieber meinen mysteriösen Freund bat, mich zu retten, ohne zu wissen, worum ich ihn bat.
Weiß ich es heute?
Ich finde es immer noch schwierig, zu begreifen, dass ich kein Mensch mehr bin, sondern ein Vampir. Ich ertappe mich dabei, wie ich immer wieder zwischen ihnen und mir unterscheide, bis ich mich daran erinnere: Ich bin wie sie.

Mit diesem neuen Leben hat sich für mich alles grundlegend verändert. Unzählige neue Eindrücke, wie verbesserte Sinne, Kraft und Schnelligkeit, an die man sich nicht so leicht gewöhnen kann.

Wie oft habe ich etwas zerbrochen, weil ich vergessen habe, welche Kraft ich habe? Wie viele meiner geliebten Bücher habe ich aus dem gleichen Grund beschädigt? Einige Möbel haben gelitten, weil ich meine Kraft und Schnelligkeit unterschätzt habe. Und zugleich bin ich so schwach, im Gegensatz zu meinem Bruder und Freund, dem ich für das Geschenk, das mir gemacht wurde, immer dankbar sein werde.

Es gibt so viel Neues in dieser Welt, in der ich bisher mein ganzes Leben verbracht habe. Es gibt so viel zu lernen und zu erleben, dass ich beschlossen habe, alles aufzuschreiben, was mir wichtig erscheint. Vielleicht sind diese Notizen eines Tages für einen anderen jungen Vampir von Nutzen.

Sidh Zane-Vemo

Mythen und Legenden

Zunächst einmal müssen wir mit den Mythen und Legenden über kalte Winternächte aufräumen. Und davon gibt es eine Menge, und manchmal scheint es mir, dass immer mehr seltsame Geschichten über Vampire erfunden werden. Ich kann nicht sagen, woher sie kommen, aber es stimmt, dass ein Vampir sich nicht offenbaren darf. (siehe Gesetze)

1. Spiegel

Es heißt, ein Vampir habe kein Spiegelbild, da er ein Geschöpf des Teufels sei und daher keine Seele habe, die sich im Spiegel (als Spiegelbild) zeigen könnte.
Das ist natürlich Unsinn. Als ich nach der Verwandlung und dem Erwachen zum ersten Mal mein Spiegelbild betrachtete, war ich verblüfft. Ich hatte mich verändert. Nicht zum Schlechteren,

gewiss nicht. Ich konnte kaum glauben, dass ich es sein sollte, der mir aus der spiegelnden Fläche entgegenblickte. Natürlich war ich es ... und gleichzeitig war ich es nicht.

Ich weiß nicht, wie ich erklären soll, was ich dort sah oder was sich genau verändert hatte. Sicherlich war die aristokratische Blässe neu, die fast makellose Haut, der Glanz meiner Augen und Haare, aber das war es nicht, was mich so sehr irritierte. Ich kann diese Veränderung in meinem Spiegelbild nicht genau benennen, aber ich bin sicher, dass jeder, der dies liest, verstehen wird, was ich meine.

2. Tageslicht

Man sagt, dass Vampire im Tageslicht zu Asche verbrennen. Auch das ist nicht wahr. Ja, wir sind Geschöpfe der Nacht und bevorzugen es, im Schutz der Dunkelheit zu wandeln. Aber das bedeutet nicht, dass uns der Tag oder das Sonnenlicht tötet. Tageslicht schadet uns, aber nicht, indem es uns verbrennt. Vielleicht wäre das sogar besser oder einfacher als die Wahrheit, denn der Tag beraubt uns all dessen, was uns zu dem macht, was wir sind. Nachts Raubtier, tagsüber Hauskätzchen. Schnelligkeit, Regeneration, Kraft und sogar unsere Sinne werden uns durch das Tageslicht geraubt oder zumindest stark eingeschränkt. Das scheint etwas mit dem Alter zu tun zu haben. Die Sinne eines sehr alten Vampirs sind sehr eingeschränkt und abgestumpft, während sie jüngeren völlig fehlen. Wir sind nicht besser oder nur geringfügig besser, stärker oder widerstandsfähiger als Menschen – aber mit einem Durst nach Blut. Denn der verschwindet nicht, nur weil die Sonne aufgeht. Der Hunger ist ein ständiger Begleiter. (Siehe Blut)

Deshalb bevorzugen Vampire es, in der Nacht zu wandeln und zu agieren. Tagsüber wäre es ein Leichtes, uns schwer zu verletzen oder gar zu töten. Doch mit dem Einbruch der Dämmerung kehrt die Essenz eines Vampirs zurück.

3. Särge

Ich habe einmal gehört, dass Vampire in Särgen und Krypten ruhen. Als ich meinen Bruder danach fragte, lachte er und sagte, dass ich mich gerne in einem Sarg ausruhen könne, er selbst aber sein Bett vorziehe.

Er erklärte mir, dass ein Sarg – vorzugsweise ein Steinsarkophag – verwendet würde, wenn man sehr schwere, sehr kritische Verletzungen erlitten habe, da man so zuverlässig vor Licht und Lärm geschützt sei und der Körper optimal bei der Heilung unterstützt würde.

Dies geschehe jedoch nicht in Krypten, sondern in bestimmten Bereichen des Schlosses oder – im Falle des Vaters – in seinen Gemächern.

Je älter ein Vampir ist, desto weniger Schlaf benötigt er und wenn er sich zur Ruhe begibt, dann – aus verständlichen Gründen – tagsüber und, wie Noir anmerkte, vorzugsweise in bequemen Betten. Warum sollte man sich nicht einen gewissen Luxus gönnen, wenn man die Ewigkeit als Zeitfenster betrachtet?

4. Knoblauch, Kreuze, Eisenhut...

...sollen einem Vampir schaden, ihn verletzen oder gar vergiften. Auch das ist nichts als Humbug. Knoblauch wird nur wegen seines strengen Geruchs nicht gemocht, vor allem von Vampi-

ren, die noch nicht so geübt darin sind, störende Dinge auszublenden – wie es bei mir der Fall ist.
Das Kreuz hat keine Wirkung, egal aus welchem Material es besteht. Bei geweihten Kreuzen ist das anders. (Siehe Punkt Weihwasser)
Der Eisenhut hat keine Wirkung auf Vampire, auch andere Gifte nicht. Es gibt ein Gift, das wirkt, aber dazu später.

5. Weihwasser

Weihwasser schadet uns tatsächlich. Es verätzt die Hautstellen, mit denen es in Berührung kommt. Je nach Menge und Reinheitsgrad sind die Verletzungen mal stärker und mal schwächer. Das bringt uns zurück zum Kreuz: Als einfacher Gegenstand harmlos, verletzt es, wenn es geweiht ist, einen Vampir bei Körperkontakt.
Verletzungen durch Weihwasser oder geweihte Gegenstände heilen langsamer und es ist nicht ungewöhnlich, dass Narben zurückbleiben.

6. Pflöcke

Man sagt, dass man einen Vampir tötet, indem man einen Pflock in sein Herz treibt. Es gibt unterschiedliche Meinungen darüber, aus welchem Material dieser Pflock bestehen sollte. Einige behaupten, es sollte ein silberner Pflock sein, andere behaupten, es sollte ein Eichenpflock sein. Beide Materialien gelten als magisch oder mystisch, was diesen Punkt erklärt. Wenn man einen Pflock in das Herz eines Vampirs treibt, fällt er in eine todesähnliche Starre.
Eine Starre, die endet, sobald der Pfahl aus dem Körper entfernt wird. Auf diese Weise ist es möglich, einen Vampir sehr lange gefangen zu halten, ohne für sein Essen bezahlen zu müssen. Je nach Dauer kann es notwendig sein, dem Vampir etwas Blut zu geben, um ihn zu wecken.

7. Blut

Vampire ernähren sich von Blut. Das ist richtig. Sie brauchen Blut, um zu überleben. Es ist nicht notwendig, sich jeden Tag zu ernähren, aber um in der bestmöglichen Verfassung zu sein, sollte man sich regelmäßig ernähren. Vor allem, weil Hunger unangenehm und gefährlich sein kann, insbesondere für junge Vampire. Unangenehm bedeutet in diesem Fall, dass das Gefühl des Erstickens auftritt und starke Schmerzen auftreten.

Gefährlich, weil die Wahrscheinlichkeit, Blutrausch zu bekommen, umso größer ist, je hungriger man ist. Der Vampir wird alles oder jeden zerreißen, was er in die Finger bekommt. Wenn der Vampir während des Blutrausches gefangen wird und sich nicht ernähren kann, tritt die Totenstarre ein.

Die Totenstarre ist ein todesähnlicher Zustand, aus dem er durch die Aufnahme von Blut wieder erweckt werden kann. Je länger die Starre anhält, desto mehr trocknet der Vampir aus und ähnelt einer Mumie oder einer Frucht, die Noir als „Rosine" bezeichnete. Es scheint irrelevant zu sein, ob man sich von Menschen oder Tieren ernährt. Auch wenn menschliches Blut nahrhafter und belebender ist als Tierblut.

Noir warnte mich eindringlich davor, das Blut eines Toten zu trinken. Es wäre ein schnell wirkendes Gift, das uns nicht tötet, sondern erheblich

schwächt. Selbst bei frischem Blut oder Schöpfer-
blut dauert es sehr lange, bis es vollständig aus
dem Körper verbannt ist und ein akzeptabler All-
gemeinzustand wiederhergestellt ist. Vielleicht ist
dies der Grund, warum ein Vampir erst dann von
einem Opfer trinkt, wenn der Blutverlust es tötet.

[wir können durchaus menschliche Nahrung zu
uns nehmen, und das habe ich in den ersten
Tagen am Hof meines Vaters auch getan. Sie stillt
zwar nicht den Hunger, aber ich mag den
Geschmack, und ich kannte nie eine solche Viel-
falt an Speisen, bevor ich hierher kam]

8. Enthauptung und Verbrennung

Alle Quellen scheinen sich darin einig zu sein,
dass die effektivste Methode, einen Vampir zu
töten, darin besteht, ihn zu enthaupten und zu verbrennen.
Und leider haben sie vollkommen recht.

9. Fließende Gewässer

Haben keine einschränkende Wirkung auf einen Vampir, auch wenn gesagt wird, dass ein Vampir fließende Gewässer nur bei Flut überqueren kann. Ich kann zwar die meisten Mythen erklären, aber nicht sagen, woher dieser Mythos stammt.

10. Gebäude

Es heißt auch, dass ein Vampir nur dann ein Gebäude betreten kann, wenn er eingeladen wurde. Dieser Mythos leitet sich möglicherweise von der Redewendung „um Einlass bitten" ab (siehe Gesetze). Natürlich brauchen wir genauso wenig wie Sterbliche eine Erlaubnis, um ein Haus oder Ähnliches zu betreten.

Arten von Vampiren

Es gibt zwei Arten von Vampiren: Geborene Vampire, zu denen mein Bruder Noir gehört, und verwandelte Vampire, zu denen ich gehöre. Aber beide Arten scheinen eines gemeinsam zu haben – abgesehen von ihren allgemeinen Fähigkeiten (siehe Fähigkeiten): ein besonderes Aussehen. Sie sehen makellos aus, mit einer aristokratischen, feinen Blässe und wirken äußerlich recht jung. Mit Ausnahme der verwandelten Vampire, die so alt sind wie das Jahr, in dem sie verwandelt wurden.

Geborene Vampire können – vorausgesetzt, sie sind noch nicht erwacht – auf normale Weise Nachkommen zeugen. Es ist jedoch nicht sicher, ob dieses Kind auch das Erbe der Nacht in sich trägt. Es soll vorgekommen sein, dass das Erbe über Generationen hinweg schlummerte, bevor es zum Vorschein kam.

Dies ist wahrscheinlich der Grund, warum sie so selten sind. Geborene Vampire wachsen fast wie normale Menschenkinder auf. Die Krankheiten der Menschen scheinen jedoch nur geringe oder gar keine Auswirkungen auf sie zu haben. Sie können sich verletzen oder in den Tod stürzen, können wie jeder andere ermordet werden, aber laut Noir wird dies als natürliche Auslese angesehen.

In der Nacht, in der sie fünfundzwanzig Jahre alt werden, erwacht das Erbe ihrer Spezies während der Ruhephase – wenn es ihnen gegeben ist.

Die Zeit, die für Verfall steht für sie still, Fehler verschwinden und ihre Fähigkeiten wachsen mit jedem Jahr, das sie überleben.

(Mehr dazu unter Fähigkeiten)

Alexander – ich werde mich daran gewöhnen, ihn Vater zu nennen – erklärte mir, dass man ab dem zwanzigsten Lebensjahr manchmal erkennen kann, ob das Erbe erwacht.

Der Erwachende neigt zu Episoden, in denen er ziemlich aggressiv ist, und manchmal setzt ein Hunger nach blutiger Nahrung ein. Außerdem würde bereits eine langsame Zunahme der vorherigen Stärke einsetzen.

Gewandelte Vampire haben auf die eine oder andere Weise die Aufmerksamkeit ihres Schöpfers auf sich gezogen. Was genau Noir in mir gesehen haben mag, kann ich nicht sagen, und ich habe aufgehört zu fragen. Um einen Menschen zu verwandeln, ist ein Blutaustausch notwendig. Ein einfacher Biss oder das Trinken von einem Menschen reicht nicht aus.

Der Vampir trinkt von seinem Opfer, bringt es an die Grenze zwischen Leben und Tod und füttert es dann mit seinem eigenen Blut. Es reicht auch nicht aus, einem sterbenden Menschen das Blut eines Vampirs zu verabreichen, um ihn zu retten oder zu verwandeln.

Manchmal misslingt eine Verwandlung. Woran das liegt, konnten mir weder Noir noch Alexander erklären. Vielleicht liegt es an dem gleichen Grund, warum manche Menschen einer Krankheit zum Opfer fallen und andere nicht.

Meine Verwandlung selbst, der Moment, in dem alles Sterbliche von mir abfiel und Flecken und Spuren vernichtet wurden, war äußerst schmerzhaft. Es fühlte sich an, als würde mein Körper in Stücke gerissen und im Höllenfeuer selbst verbrannt, bis nichts mehr von mir übrig war.

Es kam mir wie Stunden vor, aber Vater sagte, es waren nur wenige Minuten.

Wie schmerzhaft die Verwandlung ist, hängt von deinem Zustand vor dem Blutaustausch ab. Ich war bereits dem Tode nah, von Krankheit gezeichnet und geschwächt, daher war es für mich äußerst unangenehm.

Jungvampir & Mentor

Nach der Verwandlung muss jeder Vampir – ob verwandelt oder geboren – eine Prüfung durchlaufen, die dazu dient, die allgegenwärtige Blutlust zu kontrollieren. Ich kann nicht in Worte fassen, wie diese Tortur aussah. Was dort in den Verliesen geschah, ist zu präsent, als dass ich darüber sprechen könnte.
Nur wer die Prüfung besteht und überlebt, bekommt einen Mentor zugeteilt, der die Ausbildung des jungen Vampirs begleitet und dafür sorgt, dass er alles lernt, was er wissen muss.

Er ist Lehrer und Ansprechpartner bei Fragen und Problemen. Das Scheitern des jungen Vampirs ist auch das Scheitern des Mentors. Jeder Fehltritt, jedes Fehlverhalten wird ihm angekreidet. Erweist sich ein junger Vampir – manchmal scherzhaft als Küken bezeichnet – als unbelehrbar, kann er getötet werden.

Es ist die Aufgabe des Mentors, dies zu beantragen, und der Schöpfer und der Rat müssen zustimmen.

Mir wurde Noir zur Seite gestellt. Vielleicht, weil er mich herausforderte, denn eigentlich ist ein Mentor weit älter als Noir.

Noir lehrte mich die Gesetze (siehe Gesetze), begleitete mich auf die Jagd – bis sich herausstellte, dass mir das Blut von Tieren besser schmeckt – und half mir, meine Kraft und Schnelligkeit sowie meine Sinne zu kontrollieren. Er trainiert mit mir und beantwortet geduldig meinen nicht enden wollenden Strom an Fragen.

Wie lange eine Mentorenschaft dauert, hängt vom Fortschritt des jungen Vampirs ab. Der Mentor weicht jedoch in den ersten Monaten nach dem Erwachen nicht von der Seite seines Schützlings oder nur im Notfall.

Warum das so ist, wird im Abschnitt „Fähigkeiten" selbsterklärend sein, aber so viel kann gesagt werden: Das erste Jahr ist – zumindest für mich– voller neuer Eindrücke und Herausforderungen, die nicht leicht zu meistern sind, und wenn man jemanden an seiner Seite hat, ist es viel erträglicher.

Fähigkeiten

Es gibt zwei Arten von Fähigkeiten: 1. die arttypischen Fähigkeiten, die bei allen Vampiren zu finden sind.

2. seltene oder besondere Fähigkeiten, die hauptsächlich – aber nicht nur – bei geborenen Vampiren zu finden sind.

Zunächst ist zu beachten, dass Alter und Training alle Arten von Fähigkeiten verbessern. Je älter ein Vampir ist, desto mächtiger und stärker sind seine Fähigkeiten. Es ist auch wahr, dass man trainieren muss, um sie zu beherrschen. Wenn man das Training vernachlässigt, erleidet man zumindest einen geistigen Schaden.

1. Artentypische Fähigkeiten

- Kraft/Stärke:

Es mag unspektakulär klingen, ist es aber nicht. Seit der Verwandlung bin ich mehr als doppelt so stark wie vorher. Und da ich dazu neige, zu vergessen, dass ich ein Vampir und kein Mensch mehr bin, kommt es oft zu Zwischenfällen. Meistens sind es Kleinigkeiten, aber diese Kleinigkeiten sind ein Beweis für meine gestiegene Kraft: Ich zerbreche Gegenstände, wenn ich versuche, sie aufzuheben oder zu fangen. Einmal habe ich beim Streicheln eines Kätzchens im Garten versehentlich dessen Rückgrat gebrochen.

Es erfordert einige Anstrengung, diese neue Kraft zu kontrollieren. Ich muss mich ständig daran erinnern, wer und was ich bin, und mich daran erinnern, vorsichtig zu sein. Noir trainiert mich derzeit, indem er mich bittet, rohe Eier aufzuheben und abzulegen. Wenigstens muss ich die Sauerei hinterher nicht wegmachen.

Mein Bruder behauptet, dass mir das irgendwann in Fleisch und Blut übergehen wird, aber um ehrlich zu sein, bin ich davon noch nicht überzeugt und bewundere Noir und alle anderen dafür umso mehr, da sie es scheinbar mit Leichtigkeit schaffen.

- Schnelligkeit

Wir sind viel schneller als ein Pferd oder ein Wolf. Als Raubtiere müssen wir das sein. Denn genau das sind Vampire: die perfekten Raubtiere. Es ist fantastisch, durch die Nacht zu rennen, den Wind im Haar, die Welt in einer unbeschreiblichen Geschwindigkeit an sich vorbeiziehen zu sehen ...
Unsere Reflexe sind unbeschreiblich. Wenn jemand gute Reflexe hat, sagt man scherzhaft, dass er katzenartige Reflexe hat, aber eine Katze hat schlechtere Reflexe als wir. Sicherlich sehr nützlich, wenn man es nicht eilig hat und sich hinsetzen möchte ... und die Möbel zerbrechen, weil man wieder einmal vergessen hat, was man ist, und zu viel Kraft und Geschwindigkeit aufgewendet hat. ...
 Aber ich lerne dazu.

- Geruch, Sicht und Gehör

Erst jetzt wird mir klar, wie sehr etwas stinken kann. Ich hätte nie vermutet, wie viele Nuancen von Gestank es gibt, wie viele Gerüche sich überlagern können. Der Geruchssinn eines Vampirs übertrifft sogar den eines Wolfes – Alexander hat einmal beiläufig erzählt, wie er ihn mit ein paar anderen bewertet hat, als er jünger war. Nach der Verwandlung strömen plötzlich unzählige Gerüche und Geräusche auf den jungen Vampir ein, sodass man leicht den Verstand verlieren könnte.

Die wilden Rosen im Garten, das Gras nach dem Regen, das Baumharz an einem heißen Tag, das Pergament in der Bibliothek und die angenehmen Gerüche. Aber es ist nicht nur angenehm.

Dämpfe, Exkremente, Essensreste, Kadaver, Blut, Pulver und Öle, verbrannte Dinge, Leder, Stoffe, Menschen, Tiere, Vampire und vieles mehr, das ich nicht in Worte fassen kann. Es kommt alles auf einmal auf einen zu. Widerlich.

Während des Tests konnte ich es ignorieren, vielleicht weil das Verlangen nach Blut alles andere überschattete, aber danach war alles sehr präsent. Noir riet mir, mich auf einen Geruch zu konzentrieren, der mir angenehm erschien.

Das funktioniert schon ganz gut. Hilfreich ist, dass Vampire nicht atmen müssen, aber junge Vampire neigen dazu, das zu vergessen. Und wenn man das vergisst, stellt man schnell fest, dass Gerüche auch ekelhaft schmecken.

Wie beim Geruchssinn ist es auch beim Gehör. Plötzlich ist die Welt unsagbar laut. Ich höre jedes Flüstern, jedes Flüstern, als stünde die Person, die es verursacht, direkt neben mir.
Das Zirpen der Grillen, der Marsch der Ameisen, das fallende Blatt, die aufbrechende Knospe – ich höre alles klar und deutlich.
Ich sehne mich nach Frieden und Ruhe, nach Stille. Aber das scheint es in meiner Welt nicht mehr zu geben. Manchmal kann ich nicht sagen, ob ein Wort an mich gerichtet ist oder ob es sich um ein Gespräch mit jemand anderem handelt. Noir beruhigt mich; seine Nähe gibt mir ein Gefühl der Sicherheit. Er versprach, dass es besser werden würde, sobald ich gelernt hätte, alles auszublenden, was nicht wichtig war. Das erforderte Training und Konzentration.
Ich hatte keine Ahnung, wie schwer es für meinen Bruder gewesen sein musste, mit mir oder anderen Menschen zusammen zu sein. Wie viel Kontrolle und Konzentration es braucht, um als Vampir sicherzugehen.

Ich übe – ich lerne. Manchmal habe ich bessere Tage, andere sind schlechter.

Aber ich lerne.

Noch nie habe ich die Welt so klar gesehen wie seit meiner Verwandlung. Das Farbenspiel bei einem Sonnenuntergang ist einfach spektakulär. All die Farben, all die Schattierungen. So intensiv und kraftvoll. Ich hatte keine Ahnung, wie schön die Welt ist. Als Mensch war ich blind und taub – was sicherlich seine Vorteile hatte, aber andererseits hätte ich so viele wunderbare Dinge verpasst.

Nachts sehe ich klar und deutlich, viel klarer und weiter als ich es als Mensch am Tag könnte. Es ist faszinierend und ich habe nichts gegen das wechselnde Licht.

Meine Augen passen sich jeder Veränderung leicht an. Es verschlägt mir immer noch den Atem, wenn ich mich umsehe, bewusst umsehe und mir alles bewusst wird, was mich umgibt. Und allein dafür bin ich jeden Tag aufs Neue dankbar.

- Präsenz

Jedes Wesen hat eine natürliche Ausstrahlung, die maßgeblich dafür verantwortlich ist, wie andere uns wahrnehmen. Das gewisse Etwas, das andere anzieht oder abstößt.

Diese Aura ist bei Vampiren stärker ausgeprägt als bei Menschen und ruft normalerweise ein Gefühl der Gefahr hervor. Man weiß instinktiv, dass man sich von ihnen fernhalten sollte.

Vampire können lernen, diese Aura, auch Präsenz genannt, zu manipulieren, zu kontrollieren und zu unterdrücken. Dadurch können sie auf ein Opfer beruhigend, Furcht einflößend oder sogar harmlos wirken, je nachdem, was sie wollen. Man kann seine Präsenz so verstärken, dass man den Vampir unweigerlich wahrnimmt – selbst wenn man ihn nicht als Vampir erkennt – oder sie zurückhalten, um nicht aufzufallen.

Selbst ein sehr mächtiger, alter Vampir kann auf diese Weise völlig harmlos und unauffällig erscheinen.

- Beeinflussung

Es gibt zwei Möglichkeiten, Vampire zu beeinflussen:

1. durch Blickkontakt und Stimme. Der Vampir fängt den Blick des Opfers ein und hält ihn fest – ähnlich wie bei einer Hypnose – und kann ihn lenken und manipulieren, oft in Kombination mit seiner Anwesenheit. Dies kann genutzt werden, um ein Opfer in ein Gefühl der Sicherheit zu wiegen oder es zu Handlungen zu zwingen, die es sonst nicht begehen würde. Die perfekte Beherrschung dieser Art von Einfluss erfordert jedoch Jahrzehnte, wenn nicht Jahrhunderte der Übung.

2. durch einen Biss. Während der Vampir sich vom Blut des Opfers ernährt, kann er seinen Geist mit dem des Opfers verbinden, um es zu lähmen, seine Erinnerungen zu durchsuchen und sie vor allem so zu manipulieren, dass der Mensch vergisst, was passiert ist, und so seine eigene Art zu schützen. Noir erklärte mir, dass diese Verbindung des Geistes durch das Blut stattfindet und eine natürliche Fähigkeit ist, die jedem innewohnt.

-Regeneration

Vampire sind nicht unverwundbar. Natürlich nicht. Allerdings ist ihre Haut widerstandsfähiger als die eines Menschen. Außerdem heilen Verletzungen deutlich schneller. Einfache Schnitte oder Stiche, kleine oder geringfügige Verletzungen sind in der Regel innerhalb einer Stunde vollständig verheilt, ohne eine Spur zu hinterlassen.

Wenn wir frisches Blut oder das Blut eines geborenen Menschen zu uns nehmen, wird der Heilungsprozess beschleunigt. Tatsächlich scheint die Regenerationsfähigkeit bei den Geborenen wesentlich stärker zu sein als bei den Verwandelten, weshalb ihr Blut die Verwandelten bei der Regeneration und Heilung unterstützt. Schwerere Verletzungen nach Kämpfen oder besonders hartem Training, wie Knochenbrüche, schwere Schnitt- und Stichwunden, dauern selbst mit der Zugabe von Blut zwei- bis dreimal so lange. Bei extremen Verletzungen werden ein Sarg und Blut zur Unterstützung der Regeneration verwendet.

Nur in drei Fällen ist die Regeneration und damit die vollständige Wiederherstellung des perfekten Zustands schwierig und langwierig:

1. Verletzungen durch Weihwasser und geweihte Waffen. Diese heilen nicht nur sehr langsam (je

nach Schweregrad bis zu mehreren Tagen oder Wochen), sondern hinterlassen auch oft Narben.

2. Ein Vampir, der durch totes Blut vergiftet wurde. Trotz der Verwendung von frischem Blut oder dem Blut eines Neugeborenen dauert es mehrere Wochen, bis das Gift vollständig neutralisiert ist, je nachdem, wie viel Gift der Vampir aufgenommen hat.

3. Auch Verletzungen, die von Lykanern verursacht wurden, heilen nur sehr langsam. Alexander geht davon aus, dass dies daran liegt, dass das vampirische Erbe gegen das der Wölfe ankämpft, die andere bereits durch einen Biss verwandeln. Das Gift der Lykaner verhindert die Heilung, was zudem sehr schmerzhaft ist.

Es gibt jedoch eine Verletzung, die nie heilt: Wenn einem Vampir die Reißzähne gezogen werden, wachsen sie nicht nach, und der Vampir ist auf Spenden angewiesen.

Einem Vampir die Zähne zu ziehen, ist eine der grausamsten Strafen in dieser – für mich – Neuen Welt.

2. Besondere Fähigkeiten

Die hier aufgeführten Fähigkeiten sind selten und ich erhebe keinen Anspruch auf Vollständigkeit.

Gedanken lesen: Die Gedanken einer Kreatur in Worten und Bildern lesen. Ich kann mir vorstellen, wie anstrengend eine solche Gabe sein muss, wenn man sie nicht beherrscht.

Seher: Vergangenheit, Gegenwart oder Vergangenheit durch Berührung, Wasser oder Spiegelbild. Hexen verwenden dafür Knochen und manchmal Blut.
Laut Yves und Roma handelt es sich hierbei nicht um eine Art vampirischer Seher, die neben Schatten- und Lichtwanderern am seltensten sind.

Licht- und Schattenwandler: Die Fähigkeit, Licht oder Schatten zu manipulieren und für eigene Zwecke zu nutzen. Mein Bruder nutzt diese Fähigkeit hauptsächlich zum Reisen, aber sie sollte auch im Kampf eingesetzt werden können. Die Kontrolle über diese Fähigkeit erfordert viel Konzentration, Übung und Selbstdisziplin, da Licht/Schatten mit dem Wandler um den Körper kämpfen. Im Falle einer Niederlage löst sich der Körper auf oder wird zu dem, was er nicht kontrollieren konnte.

- Magie: Zu umfassend, um sie hier vollständig aufzuschreiben. In der Regel erfordert das Wirken von Magie einen Preis, viel Energie und ist nicht unbegrenzt möglich.
- Gestaltwandlung: Die Fähigkeit, die Form eines Tieres anzunehmen, das seiner inneren Natur entspricht. Mit zunehmendem Alter können mehrere Tierformen möglich sein. Die erste Transformation findet in der Regel unter großem Stress und unfreiwillig statt.
Das Bewusstsein bleibt während der Verwandlung intakt, die Kräfte und Fähigkeiten jedoch nicht. Man gibt auch die Fähigkeit zu sprechen und alle anderen Fähigkeiten auf, wenn man die Tiergestalt annimmt. (Quelle: Das Tier in dir, Horatio von Bergen)

Der Clan

Der Clan ist die Familie, auch wenn keine Familie eine so komplizierte Struktur und interne Organisation hat. Ich werde versuchen, die wichtigsten Positionen in einem Clan aufzulisten.

Der Clan, in den mich mein Bruder und Vertrauter eingeführt hat, ist der Hauptclan, der von Alexander Vemo als Herrscher der gesamten Spezies angeführt wird.

Laut den Chroniken gibt es derzeit 2757 Vampire, die auf alle Kontinente verteilt sind. Der Hauptclan umfasst etwa 250 Männer und Frauen und ist damit der größte aktive Clan. Die Unterclans umfassen in der Regel maximal einhundert Vampire. Alexander Vemo und seine Familie stehen den Vampiren als „königliche" Familie vor.

Alexander soll ein direkter Nachfahre von Lilith und Kain sein. Vater selbst schweigt zu diesen Gerüchten.

Dass ich nun Teil dieser Familie bin, vergesse ich immer wieder. Als Prinz sehe ich mich nicht. Kaum ein anderer Clan hat sich in Burgen oder

Schlössern niedergelassen. Soweit ich weiß, gibt es nur 5 Häupter, die von Alexander selbst erschaffen wurden, die dies tun. In der Regel leben das Oberhaupt und seine engsten Berater in einem herrschaftlichen Anwesen und die Clanmitglieder leben verstreut auf dem jeweiligen Gebiet.

Der Hohe Rat

Der Hohe Rat setzt sich aus dem ersten Ratsmitglied jedes Unterclans und des Hauptclans zusammen. Sofern die Umstände nichts anderes erfordern, tritt der Hohe Rat einmal im Jahr zur großen Versammlung zusammen, an der Vertreter der Clans aus allen Richtungen teilnehmen. Schwere Verbrechen werden vor dem Hohen Rat bestraft und neue Gesetze werden diskutiert und verabschiedet. Der Hohe Rat kann die Verwandlung stoppen, wenn die Zahl der Vampire oder der werdenden Vampire zu hoch ist, um das Geheimnis der Ewigen Dunklen zu bewahren.

Der Clanrat

Jeder Clan oder Unterclan hat einen kleinen Rat. Seine Aufgabe besteht darin, den Anführer des Clans in diplomatischen Angelegenheiten und bei Kriegsvorbereitungen zu beraten. Geringfügige Vergehen, wie Ungehorsam, werden vor ihn gebracht. Mentoren werden von ihm ernannt oder entlassen.

Chronist

Die Clanchroniken enthalten wichtige Ereignisse innerhalb des Clans. Jeder Unterclan und natürlich auch der Hauptclan haben einen Chronisten. In regelmäßigen Abständen reist ein Clanchronist zum Vemo-Hof, um die Chroniken in das Hauptbuch des Clans zu übertragen, das von Alexanders erstem Chronisten geführt und geschützt wird. Die Chroniken enthalten die Geschichte der Clans, Kriege, Verhandlungsprotokolle, Erlasse, Verhörprotokolle, Verwandlungen, Verstorbene und vieles mehr.

Mentoren

Die Mentoren sind für die Ausbildung der jungen Vampire zuständig. Sie sind dafür verantwortlich, dass sich jeder junge Vampir angemessen verhält, die Gesetze lernt und befolgt und auch lernt, seine Fähigkeiten zu beherrschen. Jedes Fehlverhalten des jungen Vampirs fällt auf den Mentor zurück, der dafür die Strafe trägt.

In der Regel wird ein Vampir zum Mentor ernannt, wenn er sich um den Clan verdient gemacht hat. Er oder sie zeichnet sich durch einen guten Ruf und herausragende Fähigkeiten aus. Mein Bruder ist kein offizieller Mentor, die Tatsache, dass er mir zugeteilt wurde, ist wahrscheinlich Teil seiner Ausbildung und auch eine Prüfung. Oder einfach, weil er mich als seinen Bruder ausgewählt hat.

Fällt ein Mentor wiederholt durch Fehlverhalten auf, kann er aus der Mentorenschaft entlassen werden. Eine Wiederbestellung ist unwahrscheinlich.

Geheime Orden

Es gibt Gerüchte, dass der Clan als Ganzes verschiedene geheime Orden hat. Auserwählt werden sollen jene Vampire, die durch besondere Fähigkeiten oder Verdienste dazu berufen sind. Es soll einen Orden der Sterne geben, dem Seher und magisch begabte Vampire angehören.
Attentäter sollen dem Orden der Nacht angehören. Ob es sich dabei nur um Gerüchte handelt oder ob sie wahr sind, kann ich nicht sagen. Weder mein Bruder noch mein Vater wollten mir etwas darüber erzählen, weshalb ich geneigt bin, diesen Gerüchten Glauben zu schenken.

Krieger

Auch wenn alle im Kampf ausgebildet und trainiert sind, ist nicht jeder einer der Krieger der Burg. Aber im Falle eines Angriffs, wenn die Armee nicht da ist, sollen die Zurückgebliebenen in der Lage sein, sich selbst und die Jüngeren zu verteidigen. Die Krieger am Hof von Vemo sind alle bestens ausgebildet und verbringen den größten Teil des Tages und der Nacht damit, ihre Fähigkeiten und Fertigkeiten zu verfeinern.

Kriegsrat
Besteht aus den Häuptlingen und den obersten Generälen der Clans, die militärische Kampagnen und Aktionen planen. Der Kriegsrat tritt auf Antrag des Hohen Rates und auf Anraten von Alexander Vemo zusammen. Während der Militärkampagnen, an denen Vater teilnimmt, sind die Ratsmitglieder immer im Feldlager in der Nähe des Häuptlings zu finden.

Dompteur

Ein Begriff, der extrem übertrieben und verwirrend ist. Tatsächlich kümmert sich der Dompteur nur um das Wohlergehen und die Gesundheit der freiwilligen Spender und des menschlichen Personals.

Prämissen

Zusätzlich zu den Gesetzen (Punkt Gesetze) gibt es die Voraussetzungen, die von Alexander Vemo aufgestellt wurden und an die Sie sich halten müssen.

STÄRKE - DISZIPLIN - BEHERRSCHUNG

Die Stärke, das Notwendige zu tun!

Die Disziplin, die gestellten Aufgaben zu erfüllen und das angemessene Verhalten zu zeigen!

Die Beherrschung, mehr zu sein als wilde Tiere!

Manchmal muss der Nutzen gegen den Schaden abgewogen werden, wenn es um die Erfüllung von Aufgaben geht. Um uns selbst und die unsrigen zu schützen. Diese Prämissen sind eine Stütze zu den Gesetzen und dienen der Entwicklung der eigenen Persönlichkeit und dem Schutz des Clans.

Sich daran zu halten, klingt einfacher, als es tatsächlich ist. Gerade am Anfang, bei all den neuen Eindrücken, die auf mich einprasseln, ist es schwierig. Noir fragt mich immer wieder nach Gesetzen und Prämissen, um sicherzugehen, dass ich sie mir immer wieder ins Gedächtnis rufe.

Gesetze

Die Gesetze oder Gebote in der noch neuen Welt sind eigentlich sehr einfach und verständlich, wenn man darüber nachdenkt. Sie dienen dem Schutz unserer Art und unserer Welt und sind universell gültig.

§1: Bewahre das Geheimnis deiner Art

Verrate niemals deine Art an jemanden, der nicht von unserer Art ist, noch die Geheimnisse anderer Mitglieder deiner Art. Jeder, der dies tut, gilt als Verräter und muss sich dem Urteil des Hohen Rates unterwerfen, der nicht für seine Gnade bekannt ist.

§2: Ehre die Domäne (Territorium)

Wenn du das Gebiet eines anderen Clans betrittst, musst du dich dem herrschenden Häuptling vorstellen und um das Willkommen bitten. Es wird erwartet, dass du dich an die dort geltenden Regeln und Bräuche hältst. Ohne das Willkommen bist du nichts.
Wenn jemand bei der Jagd erwischt wird, ohne um das Willkommen gebeten zu haben, liegt es am Clanrat, über seine Bestrafung zu entscheiden.

§3 Ehre die Ältesten

Die Würde der Ältesten ist unantastbar. Es ist nicht angebracht, eine der vielen Fähigkeiten gegen einen Ältesten zu richten oder sich in unangemessener Weise gegen sie auszusprechen.

§4: Verwandlungen

Verwandlungen sind nur mit Erlaubnis des Oberhauptes erlaubt. Der Hohe Rat kann, wenn es nötig ist, einen Verwandlungsstopp aussprechen.

Das Oberhaupt entscheidet, ob jemand geeignet ist, sich als Kind der Nacht zu verwandeln. Er kann die Verwandlung selbst durchführen oder jemand anderen damit beauftragen.
Wird jemand ohne Erlaubnis verwandelt, sind Schöpfer und Geschöpf des Todes.

§4 Zerstörung

Nur der Hohe Rat oder das herrschende Haus dürfen das Todesurteil über einen Vampir aussprechen. Niemand darf einen anderen Vampir ohne dessen ausdrückliche Erlaubnis töten.

Feinde

1. Inquisition

Wir wissen nicht, woher sie ihre Informationen haben, aber sie sind zutreffend. Sie werden immer mehr zu einer Bedrohung. Gerüchten zufolge haben sich ihnen Engel angeschlossen, was ihre Bedrohung noch größer macht. Sie benutzen geweihte Waffen, um uns zu verletzen und zu töten. Im Laufe der Zeit haben die Menschen immer mehr Wege gefunden, sich selbst und andere zu verletzen und zu töten, aber es scheint, dass die Inquisition darin noch besser und erfinderischer war als alle anderen. In kleineren Kriegen erlitten beide Seiten große Verluste.

Nachtrag: Ich hätte nie gedacht, dass sie zu solchen Grausamkeiten fähig sind, was selbst meine schlimmsten Albträume wie eine Kindergeschichte erscheinen lässt. Der Anblick meines geschundenen Bruders, die Spuren der Folter auf seinem

Körper und sein Blick werden mich für immer verfolgen.

2. Lykaner

Einst von der Inquisition erschaffen, haben sie sich inzwischen selbst befreit, was jedoch nichts an der Feindschaft zwischen ihnen und uns ändert.
Sie können sich bei Bedarf ein Fell zulegen und sind nicht von der Mondphase abhängig. Ihr Biss reicht aus, um einen Menschen zu verwandeln, und ist sehr schmerzhaft und schwer zu heilen. Noir erklärte mir, dass er mit dem „Gift" zusammenhängt, das die Verwandlung bei Menschen verursacht. Unser Erbe kämpft gegen dieses Gift, das wiederum versucht, uns zu verändern.
In ihrer veränderten Form sind sie sehr stark und schnell und durchaus mit einem Vampir vergleichbar. Wie bei meiner Art scheint das Alter eine Rolle für ihre Stärke zu spielen.

Tod

~~Sie sind~~ Wir sind schnell und stark. Unsere Sinne sind unübertroffen. Wir heilen schnell. Zeit und Krankheit können uns nichts anhaben, und doch können wir getötet werden. Wie bereits erwähnt, haben Gifte keine Wirkung, zumindest keine tödliche (siehe Punkt Blut), und selbst schwere Verletzungen heilen durch Blutversorgung, und doch ist der Tod auch meiner Art nicht unbekannt. Und einige von uns fürchten ihn mehr als alles andere.

Mancher Vampir bittet darum, dass sein Leben beendet wird. Wenn dann genug Wesen gestorben sind, die man geliebt und gekannt hat, und man erkennt, wie lang die Ewigkeit ist, kommt es vor, dass man sich an Alexander wendet und um sein Ende bittet. Ob es gewährt wird oder nicht, liegt ganz bei ihm.

Einige werden aufgrund der von ihnen begangenen Vergehen zum Tode verurteilt. Der Hohe Rat muss einstimmig über die Todesstrafe entscheiden.

Wenn auch nur eine Person dagegen ist, wird eine andere Strafe verhängt, die darin bestehen kann, dem Vampir die Zähne zu ziehen oder ihn ohne Verabreichung von Blut zu inhaftieren.

In jedem Fall wird das Ende durch das Abschneiden des Kopfes des Vampirs und das Verbrennen seiner Gliedmaßen herbeigeführt.